Illustrations de
Régis Faller

« Que d'histoires ! CM2 »
animée par Françoise Guillaumond

Conception graphique :
Delphine d'Inguimbert et Valérie Goussot

© Éditions Magnard, 2005
5, allée de la 2ᵉ DB - 75015 Paris
www.magnard.fr

Tous droits de reproduction, de traduction et d'adaptation réservés pour tous pays.
Loi n° 49-956 du 16.07.1949 sur les publications destinées à la jeunesse.

CHAPITRE **1**

Une 4L bleu lessive

Devant eux, la 4L n'en finissait plus de bringuebaler de droite et de gauche, naviguant un peu au hasard sur la départementale comme un bateau au milieu de l'océan. Heureusement, il y avait très peu de circulation, ce qui permettait de rouler en toute tranquillité.

De chaque côté de la route, s'étendait une sorte de causse constitué de buissons épineux plantés à ras de terre. « Plutôt sinistre », se dit Thomas. Curieux en tout cas. Une sorte de grand plateau de couleur brune, qui s'éloignait à l'infini, sans un arbre, sans une maison, simplement orné de boules de ronces qui ne vous donnaient guère envie d'aller voir plus loin.

Thomas se replongea dans la contemplation des passagers de la 4L. Il ne les voyait que de dos, naturellement, et ne possédait guère d'indices pour déterminer quoi que ce soit à leur sujet. Le conducteur était petit et s'obstinait à garder la tête rentrée dans les épaules. Il avait des cheveux gris et une veste de même couleur. Un homme, probablement. L'identité du passager était plus problématique. Il portait un curieux béret marine. Malgré cela, Thomas ne pouvait arriver à déterminer son sexe. Quelque chose dans la carrure et l'allure générale du personnage lui soufflait qu'il pouvait fort bien s'agir là d'une femme.

Il avait tenté d'engager le dialogue à ce sujet avec sa mère. Mais, visiblement, celle-ci n'était guère intéressée. Elle avait répondu des « Ah ! » et des « Hein ? » distraits aux commentaires de Thomas. Et le garçon avait finalement préféré se taire et garder pour lui seul les questions qu'il se posait.

Il essaya d'imaginer à quoi sa mère et lui pouvaient bien ressembler, vus de dos et enfermés dans la 2CV. Pour sa mère, pas de problème. Ses longs cheveux bruns relevés en torsade sur le sommet de la tête révélaient un cou blanc et gracile qui ne pouvait guère prêter à confusion. Quant à lui, tantôt roulé en boule sur la banquette arrière, tantôt penché au-dessus du siège avant, il ne devait pas être facile à identifier : jeune chien ou enfant ? Il se retourna et poussa un soupir déçu. Il n'y avait personne derrière eux. La 4L bleu lessive et leur vieille 2CV grise semblaient être les deux seuls véhicules sur cette route déserte, ce mardi d'octobre aux environs de six heures du soir.

– On est bientôt arrivés ? demanda Thomas pour la centième fois.

– Oui, bientôt, répondit maman, également pour la centième fois.

– Tu es sûre que tu n'es pas perdue ?

– Mais oui !

Thomas ne la croyait qu'à moitié. D'abord, ce

départ précipité, il y avait plus d'une heure de cela. Ensuite, les explications embrouillées de maman :

— Je te laisserai chez une copine, avant Cahors, dans un petit village. Je reviendrai te chercher plus tard.

— Quelle copine ?

— Je te l'ai déjà dit, tu ne la connais pas.

— Mais pourquoi je peux pas venir avec toi ?

— Thomas, ne me fatigue pas. Je t'ai déjà expliqué : je vais rencontrer un vieil ami, quelqu'un que je n'ai pas vu depuis longtemps. Je n'ai pas besoin de toi.

Bon. Dans ce cas-là, ce n'était vraiment pas la peine d'insister. Maman n'en dirait pas plus. N'empêche, ils roulaient depuis un temps interminable sur le plateau désert, et ils n'étaient visiblement pas près d'en voir la fin.

— Elle commence à m'énerver cette voiture, répéta maman.

Et elle essaya une fois de plus de doubler la 4L. Rien à faire. La route n'était pas très large et la 4L s'obstinait à rester en plein milieu.

D'ailleurs, la vieille 2CV grise n'avait pas la puissance nécessaire pour réaliser un tel exploit. Elle se rabattit brusquement, et la conductrice jura entre ses dents. Thomas faillit demander à sa mère pourquoi ils n'avaient pas une vraie voiture, comme tout le monde, plutôt que cette antiquité. Il se souvint à temps qu'il avait déjà posé la question une bonne dizaine de fois et qu'elle déclenchait à chaque fois de longues explications. Inutile d'insister…

D'ailleurs, ils n'étaient pas les seuls à rouler dans une antiquité ; la voiture de devant en était la preuve.

Soudain, Thomas se redressa sur son siège et s'exclama :

– Qu'est-ce qu'il fait là, celui-là ?

– Du stop, dit maman.

– Pauvre vieux. T'aurais dû le prendre. Tout seul dans ce désert…

Maman jeta un coup d'œil dans le rétroviseur. Là-bas, derrière eux, sur le bord de la route, une silhouette leur adressait des gestes désespérés.

Comme par réflexe, elle appuya sur la pédale de frein. La voiture fit quelques soubresauts, puis finit par se ranger sur le bord de la route. Maman enclencha la marche arrière, se retourna et entreprit de rejoindre l'auto-stoppeur qui courait déjà vers eux.

Arrivée à sa hauteur, elle stoppa à nouveau et se pencha pour ouvrir la porte du passager.

– Bonjour, dit-elle.

-- Bonjour, dit l'homme. Et merci.

Thomas ne dit rien. Il était surpris par l'allure du bonhomme : plus très jeune, vêtu d'un vieux pantalon de velours marron et d'une veste de travail bleu sale mal boutonnée sur un pull à col roulé. Thomas avait toujours cru que seuls les jeunes faisaient de l'auto-stop. Mais il préféra garder cette remarque pour lui.

– Où allez-vous ? demanda maman qui ne semblait nullement impressionnée.

– Pas loin. J'habite à quelques kilomètres de là, en bas de la route. Si vous pouviez m'avancer un peu...

– Bien sûr ! Montez.

L'auto-stoppeur casa sa haute stature sur le siège avant de la 2CV. Thomas fut tenté de se pencher pour lui expliquer le mécanisme compliqué de la ceinture de sécurité. Mais comme maman, contrairement à son habitude, ne faisait aucune remarque à ce sujet, il en conclut qu'il valait mieux se taire. D'ailleurs, le vieux ne semblait pas avoir remarqué le garçon.

Maman redémarra.

– Alors, vous habitez par ici ? demanda-t-elle presque aussitôt.

– Oui. À deux kilomètres de la route, au fond de la vallée. Je vous montrerai le chemin.

– Vous allez toujours à pied ?

– Ou à vélo. Mais justement, j'ai cassé le câble des freins. Et par ici…

– Il n'y a pas grand monde par ici, reprit maman.

Le vieux secoua la tête.

– Ils sont tous partis.

Il eut un geste théâtral vers le paysage.

– Faut dire que… commença-t-il.

Il n'alla pas plus loin. Mais Thomas avait compris. Qui pouvait bien avoir envie de venir s'installer ici ? Ils étaient vraiment seuls à présent. Même la 4L bleu lessive avait disparu à l'horizon vers Dieu sait quelle destination.

Au bout de quelques kilomètres, le vieux posa deux doigts sur le bras de maman.

– C'est là, dit-il. Laissez-moi à l'entrée du chemin.

– C'est encore loin ? demanda maman.

– Deux kilomètres.

– On va vous accompagner. En voiture, ce n'est rien du tout. Ce sera bien vite fait.

– Mais non, laissez ! Ce n'est même pas goudronné.

– C'est pas grave. La 2CV, ça passe partout.

Et maman s'engagea sur le chemin caillouteux.

Là, Thomas ne comprenait plus. Elle qui l'avait houspillé à la sortie de l'école parce qu'il ne se pressait pas assez ; elle qui avait froidement grillé deux feux rouges à Montauban en lançant à son intention : « On est en retard » ; elle qui avait maugréé et juré à qui mieux mieux derrière la 4L bleu lessive. Voilà que maintenant, elle ne semblait plus guère pressée d'arriver !

Pour ne pas être goudronné, ce n'était pas goudronné. La 2CV sautait sur les cailloux, et Thomas avait à tout instant l'impression que la malheureuse voiture allait se retrouver en pièces détachées. Puis le chemin se mit à descendre en pente assez raide.

– On y est bientôt, dit leur passager, comme pour les rassurer.

Et deux cents mètres de dénivelé plus bas :
– C'est là.

Maman pila devant une vieille bâtisse, posée comme un gros papillon maladroit au bord d'une falaise qui semblait plonger dans un abîme sans fin. Au bas du chemin, une vague esplanade permettait tout juste à un véhicule de faire demi-tour. La maison elle-même semblait abandonnée, avec sa porte en bois peinte en gris, et ses deux fenêtres auxquelles pendouillaient deux rideaux d'un blanc grisâtre.

– Eh bien au moins, vous ne devez pas être dérangé par les voisins, dit maman.

– Non, c'est plutôt tranquille, dit le vieux en s'extirpant de la voiture.

Une fois debout, il se tourna vers maman :

– Encore merci. C'est gentil d'avoir fait le détour jusqu'ici.

Il sembla hésiter un instant et ajouta :

– Vous voulez entrer cinq minutes ? Je vous offre un coup à boire.

Maman secoua la tête.

– Non, merci. Il faut que nous repartions.

– Alors…

Il eut un petit geste à l'adresse de Thomas qu'il venait enfin de découvrir.

– Au revoir, fit celui-ci.

– Au revoir ! Et merci encore !

La 2CV fit demi-tour et entreprit de grimper le raidillon qu'elle avait descendu sans problème.

Même en première, ce n'était pas facile. Les pneus dérapaient sur les cailloux, et maman s'accrochait ferme à son volant comme si cela pouvait encourager le malheureux véhicule.

– Tu crois qu'on va y arriver, maman ? demanda Thomas.

– Mais oui.

Thomas jeta un coup d'œil par la vitre arrière. La main en visière au-dessus de ses yeux, le vieux les regardait s'éloigner. Puis Thomas le vit tourner les talons, et rentrer dans la maison.

La 2CV prit de la vitesse. Maman passa la seconde et la voiture fit un grand bond en avant pour se remettre à cahoter, essoufflée par cet effort. Dans leur dos, la maison avait disparu ; et devant, la route était invisible. Mais la voiture poursuivait vaillamment son chemin.

Soudain, alors que Thomas les croyait tirés d'affaire, maman poussa un énorme juron avant de se garer précipitamment sur le côté.

– Qu'est-ce qu'il y a ? interrogea Thomas.

– Qu'est-ce qu'il y a ! Qu'est-ce qu'il y a !

T'as rien senti ?

– Non.

– On a crevé !

– M… alors ! dit Thomas.

– Thomas ! Je t'ai déjà dit de ne pas jurer.

– Oui, m'man. Mais qu'est-ce qu'on va faire ?

– Changer la roue, tiens !

– Tu sais faire ?

Maman haussa les épaules.

– Sûrement.

Elle descendit de la voiture, l'air décidé. Thomas sauta à son tour sur le chemin et regarda autour de lui. L'endroit était absolument sinistre. La route devait être encore loin, et il commençait à douter qu'il y ait vraiment, dans leur dos, une maison habitée. Le reste ne valait pas mieux : quelques buissons, de l'herbe rase, et, ça et là, un vague arbuste solitaire. Par-dessus le marché, la nuit allait tomber. C'est ce qu'il annonça à sa mère.

– M'man, il va bientôt faire nuit.

– Raison de plus pour se dépêcher, dit maman.

– Qu'est-ce que je fais ? demanda Thomas qui ne se sentait guère à la hauteur de la situation.

– Va chercher le cric. Il est dans le coffre, je crois. Oui, le voilà. Sors la manivelle maintenant.

– Ça se met où le cric ?

– Ici.

Thomas regardait sa mère avec admiration. On aurait dit qu'elle avait fait cela toute sa vie. Il commença à douter de son efficacité lorsqu'elle essaya de dévisser les boulons récalcitrants qui maintiennent la roue à son essieu. Visiblement, les boulons ne bougeaient pas d'un pouce.

– Viens m'aider, grogna maman. Pose ton pied ici et appuie de toutes tes forces.

La manivelle commença à tourner dans le vide. Maman se redressa, découragée.

– Rien à faire. On n'y arrivera jamais. Ces fichus boulons sont bloqués.

Elle scruta les alentours, comme si la solution pouvait se trouver quelque part au milieu de ce paysage lunaire. Thomas savait bien que c'était impossible. Mais maman ne semblait s'en rendre compte qu'à présent. Elle passa sa main sur ses cheveux d'un geste fatigué. Puis elle regarda l'heure et le ciel au-dessus de leurs têtes.

– Bon, écoute Thomas ; il n'y a pas trente-six solutions. Tu vas retourner voir le vieux en bas et lui demander s'il peut venir nous aider. Lui arrivera peut-être à les dévisser. Dis-lui qu'il amène des outils. Explique-lui ce qui s'est passé.

– Mais m'man… protesta Thomas qui ne se voyait guère en train de rebrousser chemin tout seul.

– Écoute Thomas, ce n'est vraiment pas le moment de discuter. Va chercher ce type. En attendant, je vais quand même essayer de débloquer la roue. Ce n'est pas la peine qu'on perde tous les deux notre temps. Allez, file, qu'on règle ça avant la nuit.

Thomas haussa les épaules. Quand sa mère parlait sur ce ton, il était parfaitement inutile de discuter. Il enfonça ses deux mains dans les poches de son blouson et commença à redescendre le chemin en donnant des coups de pied rageurs dans les cailloux.

– Dépêche-toi, Thomas ! cria sa mère dans son dos. À tout de suite !

CHAPITRE **2**

Seul...

Il ne fallut pas longtemps à Thomas pour rejoindre la ferme. Il avait finalement préféré hâter le pas plutôt que de risquer de se retrouver tout seul sur le chemin, perdu en pleine obscurité. Mais arrivé devant la maison silencieuse, il ne sut pas quoi faire. Il n'osait s'approcher de la porte entrouverte. Tout était si sombre, si désert. Et il régnait un tel silence ! Pas un cri d'oiseau, pas un aboiement familier. Qui aurait pu dire que cette maison était habitée ? Il se décida enfin à appeler :

– M'sieur ! M'sieur !

Puis plus fort :

– M'sieur ! M'sieur !

Et encore plus fort :

– Il y a quelqu'un ?

Mais personne ne répondit.

S'enhardissant, il s'avança et poussa la porte de la maison. Celle-ci ouvrait directement sur une vaste pièce, dans laquelle on ne voyait pas grand-chose, à part que tout était dans un désordre indescriptible. « Pire qu'à la maison ! » se dit Thomas.

Il fit deux pas en hésitant et répéta :

– Il y a quelqu'un ?

Même silence. Il frissonna. Ses yeux commençaient à s'habituer à la demi-obscurité. Il distinguait à présent une longue table sur laquelle traînaient les reliefs d'un repas et un litre de vin rouge entamé. Dans un coin, la cheminée. Dans l'autre, une énorme armoire qui fit grande impression sur Thomas. Que pouvait-il bien y avoir à l'intérieur ? Les sept femmes de Barbe-Bleue ? Il préféra ne pas aller vérifier. Il lança encore une fois, d'une toute petite voix :

– Il y a quelqu'un ?

Et comme le silence devenait vraiment trop insupportable, il ressortit précipitamment.

Dehors, le jour avait encore baissé. Une vague de terreur le submergea. Mais où pouvait bien être passé le vieux ? Et que devait-il faire ? Retourner à la voiture ? Maman ne serait pas très contente. D'ailleurs, ils ne seraient pas plus avancés. À moins qu'elle n'ait réussi à dévisser les satanés boulons…

Il respira profondément pour se calmer et décida de faire le tour de la maison en appelant à intervalles réguliers.

Il dut vite se rendre à l'évidence : on ne pouvait pas faire le tour de la maison. Une façade donnait sur l'esplanade où la 2CV avait fait demi-tour, et l'autre directement sur l'abîme. Thomas resta planté là quelques instants à étudier le problème. Un peu plus loin, un sentier semblait permettre l'accès vers le fond de la vallée. C'était peut-être par là que le vieux était parti. Mais pour aller où ? Mystère… D'ailleurs, quelle importance ? Thomas n'avait aucune envie de le suivre.

Il fit brusquement volte-face, jeta un dernier :
– Il n'y a personne !
Et se mit à courir vers la voiture.

Il arriva près de la 2CV dix minutes plus tard, haletant. Il arrêta de courir en apercevant la voiture, heureux de retrouver sa présence familière. Mais quelque chose le gênait. Il réalisa en un éclair : maman n'était plus là. Il fit le tour de la voiture, appela deux ou trois fois :
– Maman ! Maman !
Il savait déjà qu'elle ne répondrait pas.

Il sentit la sueur qui commençait à dégouliner dans son dos. Une sueur glacée, avec une drôle d'odeur un peu aigre. Il ouvrit et referma ses poings, regarda encore une fois dans la 2CV, sous la 2CV et même dans le coffre. Mais non. Maman avait bel et bien disparu. Il était seul dans ce coin sinistre. Et la nuit venait enfin de tomber.

CHAPITRE **3**

Une lumière dans la nuit

Il ne faisait vraiment pas chaud. Blotti sur le siège avant de la voiture, les genoux repliés dans ses bras, Thomas commençait à grelotter. Si encore il y avait eu les clés, il aurait pu faire tourner le moteur et mettre le chauffage en route. Quoique le chauffage, dans les 2CV… De toute façon, les clés avaient disparu. Avec maman. De temps en temps, Thomas allumait les phares. C'était rassurant, cette lumière jaune qui trouait soudain l'obscurité. Mais très vite, il voyait s'agiter dans le halo lumineux de curieuses silhouettes : lutins ? Djinns ? Farfadets ? Il passait en phares, clignait des yeux, ébloui. Les silhouettes revenaient à la charge. Il préférait éteindre. Il retrouvait l'obscurité, haletant. Dehors, tout était calme. C'était le même silence, la même solitude. Il avait dû rêver…

Cela devait bien faire trois quarts d'heure qu'il attendait ainsi. Et il se posait toujours la même question : où est maman ? Le premier moment d'affolement passé, il avait essayé d'analyser froidement la situation. Il en était arrivé à la conclusion suivante. Il y avait trois solutions :

maman avait été enlevée ;

maman était partie chercher du secours ;

maman l'avait abandonné.

Première solution : peu plausible. Maman n'était pas une personne à se laisser enlever comme ça, sans laisser de traces. Or Thomas avait bien regardé, tout avait disparu : le manteau léger, le rouge, celui qu'elle aimait tant et qu'elle réservait pour les grandes occasions, le sac à main avec tout son attirail mystérieux et les clés de la voiture. De plus, il n'y avait aucune trace de lutte autour de la 2CV. D'ailleurs, pourquoi aurait-on enlevé maman ? Pour une rançon ? Qui pourrait bien payer une rançon ? Sûrement pas lui, Thomas, qui avait déjà bien du mal à joindre les deux bouts avec ses deux euros d'argent de poche par semaine. Mémé Marguerite ? Non. Personne n'aurait l'idée d'aller demander des sous à Mémé Marguerite. Qui alors ? Toutes les copines de maman étaient toujours fauchées. Ou alors, ce n'était pas pour l'argent. Mais pour quoi alors ? « Parce que ta mère est jolie », souffla une petite voix. Thomas fronça les sourcils. Est-ce qu'on enlève les gens parce qu'ils sont beaux ? Et sa mère… Il ferma les yeux. C'est vrai qu'elle était jolie. Surtout ce soir, avec ses longs cheveux relevés, son manteau rouge tout doux, et ce bleu qu'elle avait mis autour de ses yeux, en se regardant longuement dans le rétroviseur de la voiture. Thomas eut envie de pleurer. Il croyait presque sentir le parfum de sa mère, là, dans la voiture. Mais il n'y avait personne… Il se secoua.

Deuxième solution : maman était partie chercher du secours ailleurs. Impossible. Maman avait un sens pratique infaillible. Elle aurait laissé un mot à Thomas. Or Thomas avait bien regardé sous les essuie-glaces notamment, là où on laisse d'habitude les petits billets et les contraventions : rien. Il n'y avait aucun message pour lui. Pourtant, de cela il était sûr et certain : jamais sa mère ne se serait éloignée sans lui laisser un message. C'était une règle entre eux : il fallait toujours que chacun sache où se trouvait l'autre. Leur vie était parsemée de petits billets : « Je suis chez le coiffeur, sois sage. » « Je suis parti te rejoindre. » « Tu as dû arriver chez le coiffeur après mon départ. Je suis à la boulangerie; attends-moi ici. As-tu fait tes devoirs ? » Et ainsi de suite... Et là, justement aujourd'hui, alors que la situation était grave, pour ne pas dire critique, il n'y avait rien. Pas un mot pour lui. Non, ça ne ressemblait pas à sa mère.

Troisième solution : maman l'avait abandonné. Le cœur de Thomas se serrait à cette idée. Mais les trois quarts d'heure passés seul en pleine obscurité lui avaient largement laissé le temps de l'envisager. D'abord, cela expliquerait tout à fait l'absence de mot. On ne laisse pas de message à quelqu'un qu'on abandonne. On s'en va, le plus discrètement possible. Ce soir, maman était pressée, énervée. Mais tout de même, ce n'était pas une raison ! Bien sûr, Thomas n'était pas toujours sage... et maman pas toujours très patiente. Et pourtant, tout bien pesé, ils ne s'entendaient pas si mal tous les deux. Et puis, voilà dix ans que Thomas partageait la vie de maman. Alors, si celle-ci avait dû en avoir marre un jour, cela se serait certainement produit plus tôt.

Enfin, tout ça n'était pas vraiment clair. Et Thomas était à présent complètement gelé.

Dehors, c'était la nuit, l'obscurité la plus totale. Il n'y avait pas même une petite étoile ou un croissant de lune pour mettre un peu de gaieté dans tout cela. Et on n'entendait pas non plus le ronronnement des voitures qui devaient pourtant bien circuler un peu plus haut, sur la route départementale.

Enfin, Thomas n'y tint plus. Prenant son courage à deux mains, il ouvrit la porte de la 2CV, sortit et claqua la portière d'un geste brusque. Cela fit un «bang» sonore et Thomas sursauta. Mais sa décision était prise : il ne resterait pas coincé ici plus longtemps. Il lui fallait retrouver au plus vite une source de vie, un peu de chaleur, quelqu'un à qui parler. Et il n'y avait à sa connaissance qu'un seul endroit pour cela : la vieille ferme de l'auto-stoppeur. Pas à pas, doucement, et en butant à chaque fois sur les nombreux cailloux du chemin, il entreprit de retourner vers la maison.

Cela lui sembla interminable. Enfin, une lumière vacillante transperça l'obscurité. Il hâta le pas, reconnut bientôt l'esplanade et la façade de la vieille bâtisse. La lumière venait de l'intérieur. Thomas se sentit mieux d'un coup. Qui dit lumière, dit présence humaine. Le vieux avait dû rentrer. Il appela, plein d'espoir :

– M'sieur ! M'sieur !

Pas de réponse.

Il avança jusqu'à la porte et frappa. Toujours rien. Il appela de nouveau, puis, comme la première fois, poussa la porte et s'aventura à l'intérieur.

Visiblement, quelqu'un était passé par là. Une grosse miche de pain était à présent posée sur la table et le niveau du vin rouge dans la bouteille avait baissé. Une chaise était renversée sur le sol et la porte de la gigantesque armoire était entrouverte. Thomas n'osa pas s'approcher. La voix enrouée, il appela à nouveau :

– Il y a quelqu'un ?

Il se sentait parfaitement incapable de prononcer d'autres mots. Et d'ailleurs, personne ne lui répondit. Il en conclut que la maison devait être hantée, ou alors que le vieux ne faisait ici que de brefs passages pour boire et manger.

Que faire ? Une lampe électrique trônait sur la

table. Il s'approcha, l'alluma : elle fonctionnait. Cela le rassura. C'était enfin un élément normal dans un monde qui, depuis quelque temps, ne l'était plus tellement.

Il ressortit et se dirigea vers le bord de la falaise. À l'aide de la lampe, il repéra le sentier de tout à l'heure. Dans le fond de l'abîme, très loin, lui sembla-t-il, un point lumineux trouait l'obscurité. Il éteignit sa lampe de poche. Oui : indiscutablement, il y avait de la lumière là-bas. À quelle distance ? Difficile à déterminer. Mais en tout cas, il s'agissait très probablement d'une maison. Le vieux s'y trouvait peut-être, sinon, il y aurait d'autres gens. C'était absolument logique : il ne pouvait tout de même pas y avoir deux maisons abandonnées, avec la lumière allumée, dans un aussi petit rayon. Même dans ce coin, pour le moins bizarre, cela paraissait complètement improbable. Ce fut du moins la conclusion de Thomas.

Il ralluma sa lampe et s'aventura sur le sentier.

CHAPITRE **4**

Une inconnue nommée Lili

Thomas marchait depuis un temps interminable, et la lumière semblait toujours aussi éloignée. Il commençait à se demander s'il avait vraiment fait le bon choix, en se dirigeant vers cette lueur vacillante qui apparaissait et disparaissait au gré des détours fantaisistes du sentier. Et puis, il avait mal aux pieds et à l'estomac. Cela faisait un sacré bout de temps qu'il n'avait rien avalé. Il en était là de ses réflexions lorsqu'il sentit une main se poser sur son épaule. Son sang se figea dans ses veines, il poussa un hurlement et lâcha la lampe qui s'éteignit en tombant sur le sol. Il y eut un instant de silence terrible. Thomas posa ses deux mains à plat sur son cœur. Il battait à toute allure, et il avait le sentiment que plus jamais il ne retrouverait un rythme normal. Dans le même temps, tout son corps se couvrit d'une sueur glacée. Une voix maussade murmura à son oreille :

– Crie pas comme ça !

– Mais… Mais… bégaya-t-il.

– Ben quoi, qu'est-ce que tu fais ici, d'abord ? reprit la voix

– Qui… Qui est-ce ? demanda Thomas stupidement en essayant de réprimer le tremblement convulsif de son corps.

– Quoi, qui est-ce ? D'abord, tu me connais pas.

– Non, mais… admit Thomas.

– Tiens, voilà ta lampe, reprit la voix, soudain charitable.

Les doigts tremblants, Thomas actionna l'interrupteur. Ouf ! La lampe fonctionnait encore ! Il la braqua devant lui.

– Andouille ! Je suis là, dit la voix. Derrière !

Il se retourna d'un bloc et découvrit une fille d'à peu près son âge qui ne semblait nullement gênée d'avoir cette brutale lueur jaune braquée soudainement sur elle. Après quelques secondes, elle déclara pourtant :

– Bon, ça y est, tu m'as vue ?

Tout penaud, Thomas dirigea sa lampe vers le sol.

– Alors, qu'est-ce que tu fais là ? demanda l'inconnue.

– Je cherche le vieux.

– Quel vieux ?

– Celui qui habite dans la vieille maison, un peu plus haut sur la falaise.

– Ah ! Thomas !

Thomas sentit qu'il prenait un air stupide. Heureusement, la nuit était là pour le dissimuler.

– Quoi, Thomas ! répéta-t-il.

– Ben oui, quoi ! T'es nouille ! Le vieux, il s'appelle Thomas.

– Comme moi, alors, murmura Thomas.

– Peut-être, dit la fillette. Moi, c'est Lili. Mon vrai nom, c'est Liliane. Mais tout le monde dit Lili. C'est plus court. Pourquoi tu cherches le vieux?

– On a crevé sur le chemin, un peu plus haut.

– Qui ça, « on » ?

– Ma mère et moi.

– Et où elle est ta mère ?

Thomas sentit une grosse boule qui montait dans sa gorge.

– Ma mère... répéta-t-il. Ma mère...

Il dut se forcer pour articuler :

– Ma mère, elle a disparu.

-- Disparu ! s'exclama Lili.

– Ben oui.

Il y eut un silence plein de sous-entendus. Puis Thomas, qui était finalement heureux de trouver enfin une oreille disposée à l'écouter, raconta toute son histoire d'un bloc : la 4L bleu lessive, l'auto-stoppeur, le chemin plein de cailloux, la vieille maison, le litre de rouge, l'armoire de Barbe-Bleue, le retour vers la 2CV, la disparition de maman… Lili l'écoutait avec attention. Autour d'eux, c'était le noir le plus total. Seule, là-bas, au loin, la petite lumière était là pour témoigner que l'espèce humaine ne s'était pas complètement volatilisée.

Thomas se tut. Lili sembla réfléchir quelques instants et conclut :

– Bon, c'est bizarre, tout ça. Ta mère n'a pas pu disparaître comme ça. Ici, les gens s'en vont, c'est vrai. Mais on sait toujours pourquoi.

– Justement, grogna Thomas, elle est peut-être partie, mais je ne sais pas pourquoi. Et puis nous d'abord, c'est pas pareil. On n'est pas d'ici.

– Tu l'avais embêtée ? demanda Lili.

Thomas haussa les épaules et répliqua fièrement :

– Maman et moi, on ne se sépare jamais. Alors tu penses !

– Et ton père ? interrogea Lili.

– J'en ai pas.

– Elle est divorcée ta mère ?

– Non. Elle s'est jamais mariée.

– Et t'es né comme ça ?

– Ben oui.

– Mais t'as un père tout de même !

Thomas haussa les épaules.

– Mon père, je sais pas qui c'est. Quelquefois, maman dit qu'elle non plus.

– Elle sait pas qui est ton père ! s'exclama Lili horrifiée.

– Qu'est-ce que ça peut faire ? dit Thomas. De toute façon, il est parti. Alors qu'on sache qui c'est ou pas, ça ne change pas grand-chose.

Il y eut un moment de silence, puis Thomas questionna à son tour :

– Et toi, qu'est-ce que tu fais là, toute seule en pleine nuit ?

– On n'est pas en pleine nuit, dit Lili. Il est huit heures.

– Huit heures ! s'exclama Thomas. Pas plus tard ?

– Mais non.

– Pourquoi t'es pas chez toi ?

– Je me promène, c'est tout.

– Tes parents te laissent sortir comme ça ?

– Mes parents… souffla Lili. Ils ne savent pas toujours ce que je fais.

– Tu veux dire que tu sors sans rien leur demander ?

– Oui.

– Eh ben…

– Bon, écoute, commença Lili. Toi, t'as pas de père, et t'as perdu ta mère. Moi, j'ai un père et une mère. Voilà ; chacun se débrouille comme il peut avec ce qu'il a. On va pas passer la nuit là-dessus. Il vaudrait mieux retrouver ta mère.

– Si on demandait à tes parents ? proposa Thomas timidement.

– Ça va pas non ? Pour qu'ils sachent que je me balade toute seule la nuit ?

– Et le vieux alors ?

– Le vieux, il est chez mes parents.

– Mais, t'habites où ? demanda Thomas qui n'y comprenait plus rien.

Lili pointa son doigt vers le petit point lumineux tout au fond de la vallée.

– Là-bas, dit-elle.

– C'est un village ? demanda Thomas plein d'espoir.

Lili secoua la tête.

– Non, une maison isolée.

– Mais où est la ville ? demanda Thomas.

– Quelle ville ?

– Je ne sais pas, moi ! La ville, quoi !

Lili haussa les épaules.

– La ville, ici… Il y a Cahors, à dix kilomètres.

Thomas en resta bouche bée. Dix kilomètres. Sa mère avait donc raison lorsqu'elle lui soutenait qu'ils étaient presque arrivés.

– Bon… Il faut aller à Cahors et prévenir la police, décida-t-il.

– Attends, intervint Lili. T'es bien sûr que ta mère t'a pas laissé de message ? Après tout, elle est peut-être partie chercher du secours. T'auras l'air fin, si tu appelles du monde.

– J'ai rien trouvé, je t'ai dit.

– T'as peut-être pas bien regardé. Allez, viens, on y retourne.

Et Lili empoigna d'autorité la main de Thomas pour l'entraîner vers le haut de la falaise, vers la maison du vieux et vers la 2CV.

Une drôle de petite annonce

Fouiller une 2CV la nuit, avec une lampe électrique qui commence à donner des signes de faiblesse, n'est pas évident. Même Lili dut en convenir : il n'y avait aucune trace d'un quelconque message.

– Tu vois, je te l'avais dit, répéta Thomas.

Il venait de trouver un paquet de chewing-gums dans le vide-poches et était très occupé à déballer une tablette. Enfin quelque chose à se mettre sous la dent !

Lili qui, pour sa part, devait avoir fait un bon repas, ne voulait pas s'avouer vaincue. Elle glissa sous le volant, et passa une main menue et agile sous le siège du conducteur. Il y avait de tout là-dessous : de la poussière, des cailloux, des brindilles, un boulon froid et dur, quelque chose de mou qui avait vaguement la consistance d'une vieille pelure d'orange et... Les doigts de Lili se refermèrent sur ce qui était indiscutablement un morceau de papier. Elle retira doucement sa main et brandit victorieusement sa trouvaille sous le nez de Thomas.

– Et ça c'est quoi ? demanda-t-elle.

– Un vieux morceau de papier journal, répondit Thomas, ironique. Il y a toujours des tas de trucs dans cette voiture. On n'a jamais le temps de la nettoyer. Et puis si tu crois que maman aurait eu l'idée de me mettre un mot sous le siège...

Lili avait déplié le minuscule morceau de papier et elle en avait entrepris la lecture.

– Thomas ! Viens voir ! appela-t-elle soudain.

Elle braqua sur le fragment de journal le faisceau de la lampe qui n'éclairait décidément plus grand-chose.

– Regarde, ce sont des petites annonces, expliqua-t-elle.

– Et alors ? grogna Thomas.

– Alors ? Tu vois bien qu'il y en a une qui est entourée de rouge.

– Fais voir.

– Attends, j'arrive pas à lire.

– Donne.

Thomas s'empara avec autorité du journal et de la lampe et il déchiffra à haute voix :

– « Collioure, 10 septembre vers 21 h 30 au restaurant *Chez Julia* sur le port. Pluie battante. Vous êtes en compagnie d'un homme brun, cheveux ébouriffés et propriétaire d'une Jaguar jaune. Je suis avec un ami attablé en face de vos grands yeux. Tellement envie de vous revoir, n'importe où. Écrire… »

Suivaient une adresse et un nom de ville. Thomas se tut. Il posa le journal sur le siège de la 2CV, se tourna vers Lili et murmura :

– Qu'est-ce que ça veut dire ?

– Donne.

Lili reprit le papier.

– Regarde, il y a une flèche qui part de l'annonce et qui va dans la marge. Quelqu'un a écrit quelque chose, là. Attends… « Mardi, Cahors, *Le Renoir*, 21 heures, grosse boîte de bonbons… »

Lili se tut à son tour. Les deux enfants se regardaient, perplexes, puis Lili fit remarquer :

– Mardi, c'est aujourd'hui…

– Et nous allions à Cahors, compléta Thomas. J'y comprends rien.

Lili relut l'inscription :

– « *Le Renoir*, 21 heures, grosse boîte de bonbons. » Thomas, c'est l'écriture de ta mère, ça ?

– Fais voir.

Thomas fronça les sourcils.

– On dirait bien. Ça n'explique rien.

– Attends ! Tu connais quelqu'un qui a une Jaguar jaune ?

Lili avait les yeux brillants d'excitation.

– Euh ! Oui… Mon oncle. Le frère de maman. En ce moment, il a une Jaguar jaune ! Mais il change de voiture tous les six mois. Il travaille dans un garage…

– Peu importe. Septembre, octobre, ça fait six mois, dit Lili d'un air mystérieux. Est-ce qu'il a des cheveux ébouriffés ?

– Ébouriffés ! Pas plus que les miens ! dit Thomas.

– Mais bruns ? insista Lili.

– Oui, bruns.

– J'ai compris ! s'exclama la fillette.

– T'as de la veine, grogna Thomas.

– T'es complètement idiot ou quoi ? Ta mère est allée passer un week-end à Collioure avec ton oncle en septembre.

– Comment tu sais ça ? interrogea Thomas sur ses gardes.

– Andouille ! C'est dans le journal ! Un soir, ils sont allés au restaurant tous les deux, *Chez Julia* ça s'appelait. Et là, quelqu'un a remarqué ta mère et surtout ses grands yeux. Elle a de grands yeux, ta mère, je suis sûre.

Incapable de répondre, Thomas hocha la tête.

– Alors, ce quelqu'un a fait passer une

annonce dans le journal pour retrouver ta mère. Ta mère a vu l'annonce, a répondu. Et voilà, ils ont rendez-vous aujourd'hui à Cahors.

– Tu crois ? dit Thomas faiblement.

– Évidemment ! Vous alliez bien à Cahors, non ?

– Oui.

– Et toi, qu'est-ce que t'allais faire ?

– Elle devait me laisser chez une copine à elle.

– Tu penses ! Elle allait pas t'emmener ! Un rendez-vous d'amour...

Thomas n'en pouvait plus. Il avait la gorge sèche et les mains tremblantes. Sa mère, sa maman à lui avait donné rendez-vous à un inconnu ! Et sans rien lui dire ? Il n'en revenait pas.

– C'est impossible, murmura-t-il.

– Tout est dans le journal, déclara Lili avec autorité.

Thomas lui jeta un regard noir.

– Et alors ?

– Alors...

Lili se frappa la tête du plat de la main.

– Nom d'une pipe ! Il ne va pas tarder à être neuf heures, et le type doit déjà être en train de l'attendre.

– Ce que je voudrais, c'est savoir où est passée maman, dit Thomas.

– Oui, mais ce type, il faut le prévenir. D'ailleurs, tu sais, s'il tient vraiment à ta mère, il nous aidera à la retrouver.

– Tu crois ?

– Bien sûr ! Allez viens, on va à Cahors.

Thomas entrevit une dernière fois la frimousse de Lili toute rose d'excitation. Puis la lampe électrique s'éteignit définitivement. Il ne resta autour des deux enfants que la nuit noire du plateau, la présence amicale de la 2CV et, entre les doigts tremblants de Thomas, un petit bout de papier avec l'annonce d'un inconnu qui venait, sans prévenir, de faire irruption dans sa vie.

CHAPITRE **6**

Une mobylette dans la nuit

Lili devait avoir des yeux de chat. Elle s'orientait dans le noir comme en plein jour. Pour Thomas, c'était plus difficile. Heureusement, elle avait calé sa petite patte chaude dans la sienne et le dirigeait avec autorité au milieu d'un véritable labyrinthe de sentiers qui serpentaient sur le plateau.

– Où on va ? demanda Thomas.

– Chez mon oncle. On prendra la mobylette de mon cousin pour aller à Cahors. Ça ira plus vite.

– Il va nous emmener, ton cousin ?

– Ça va pas, non ! S'il savait seulement qu'on

a eu l'idée de toucher à sa mobylette, il serait fou furieux.

– Ben alors, comment on va faire ? demanda Thomas.

– Tu sais pas conduire une mobylette ?

– Non, avoua le garçon.

– Moi, si. Allez, avance !

Bientôt, une masse sombre se détacha contre le ciel.

– C'est là, annonça Lili.

– Il n'y a pas de lumière, constata Thomas.

– Ils doivent être sortis.

– On ferait peut-être mieux de leur demander s'ils peuvent nous aider ? proposa le garçon qui n'avait qu'une confiance limitée dans les initiatives de Lili.

– Je te dis qu'il n'y a personne. Et puis, c'est pas le moment de perdre du temps. Viens, la mobylette doit être dans la grange.

À cet instant, Thomas poussa un cri qui résonna dans l'obscurité.

– Tais-toi, fit Lili ; tu vas ameuter tout le

quartier. Qu'est-ce qui se passe encore ?

– Quelque chose m'a touché, haleta le garçon, quelque chose de chaud.

Lili haussa les épaules.

– T'es vraiment bizarre. Tu vois pas que c'est le chien ? Donne-moi ta main.

Elle prit la main de Thomas et la plaqua contre une touffe de poils qui vint se frotter contre le garçon avec un plaisir évident.

– Tu parles d'un chien de garde ! pouffa Lili.

Thomas était un peu plus rassuré. Il suivit Lili qui entrait dans un long bâtiment.

– Aide-moi ! appela-t-elle.

Ils sortirent sans trop de peine la mobylette, puis Lili déclara :

– On la démarrera sur la route. Ça fera moins de bruit.

– Tu sais vraiment la conduire ?

– T'inquiète, c'est pas la première fois.

Peu de temps après, la mobylette filait à toute allure sur le goudron, hardiment pilotée par Lili, tandis que Thomas, assis sur le porte-bagages, se tenait fermement à sa taille.

Lili conduisait bien, et la mobylette traçait son petit bonhomme de chemin avec une régularité rassurante. Thomas commençait à avoir mal aux fesses : le porte-bagages n'était pas des plus confortables. Dans la lueur des phares, il entrevoyait le plateau qui paraissait toujours aussi désert. Soudain, une voiture les croisa dans un éblouissement de lumière jaune. Plus loin, il y avait un bar, sur le bas-côté, avec un camion garé devant. Thomas sentit son cœur se serrer. Sa mère était peut-être tout simplement là, dans ce bar, à se réchauffer. Ou alors, elle était enfermée dans ce camion, cherchant désespérément un moyen de le lui faire savoir. Il eut envie d'en parler à Lili, mais il renonça : cela paraissait tellement invraisemblable. Et d'ailleurs, il savait déjà que rien n'aurait pu arrêter Lili.

Maintenant, la route descendait en longs lacets. Lili se retourna à demi et lui jeta :

– Regarde !

Il se redressa. Dans le fond de la vallée, on

voyait une multitude de lumières qui scintillaient joyeusement dans la nuit.

– Cahors ! annonça fièrement Lili.

« Enfin », se dit Thomas. En découvrant la ville, même une ville inconnue, il avait le sentiment que ses ennuis allaient prendre fin. Pourtant, tout n'était pas simple. Il leur fallait, en pleine nuit, retrouver le mystérieux admirateur de maman – « ce type », comme l'appelait Thomas – et le convaincre de se mettre à la recherche de la jeune femme disparue. Et encore, si le roman qu'avait inventé Lili était vrai ! Pour sa part, Thomas commençait à en douter. Il y avait bien ce fichu bout de papier journal, rangé au fond de la poche de son blouson, celle qui a une fermeture Éclair, mais il avait du mal à imaginer sa mère traçant ces quelques mots à côté de l'annonce. Et il avait encore plus de mal à imaginer un inconnu, confortablement installé dans la douceur d'une salle de restaurant, à contempler les grands yeux de maman. Elle devait être bien jolie, ce soir-là à Collioure, sa maman. Elle devait avoir, au fond de son regard, cette petite lueur qu'elle a parfois, les bons jours, pour lui, Thomas, de l'autre côté de la table de la cuisine. Et ce type l'avait vue, évidemment. On ne pouvait pas ne pas avoir envie de la revoir, et de la revoir encore. Mais pourquoi à Cahors ?

Bientôt, la mobylette s'engagea dans une large avenue. Des réverbères brillaient de chaque côté, illuminaient les immeubles aux volets fermés et les vitrines des magasins aux rideaux baissés. Sur les trottoirs, il n'y avait absolument personne. La ville entière s'était repliée sur des intérieurs douillets, laissant les rues obscures aux chiens errants, aux chats de gouttière et aux enfants abandonnés.

La mobylette poursuivit son chemin jusqu'à une place. Dans le silence de la cité endormie, le moteur faisait un bruit d'enfer. Là, Lili s'arrêta et coupa les gaz.

Thomas regarda autour de lui, un peu mal à l'aise.

– Où sont les gens ? demanda-t-il.

Lili haussa les épaules.

– Chez eux, tiens ! Où veux-tu qu'ils soient ?

– J'en sais rien, moi, au cinéma ou au restaurant !

– C'est pas l'heure, coupa Lili.

– Quand même, à Toulouse…

– Tu habites à Toulouse ? interrogea Lili avec intérêt.

– Oui, en plein centre-ville.

– T'as de la veine ! J'y suis allée l'an dernier avec les parents, voir les jouets de Noël. C'était super. Il y avait des gens, des lumières, des voitures…

– Justement, coupa Thomas. À Toulouse, dans les rues, il y a des gens, même la nuit. C'est toujours comme ça, ici ?

– J'en sais rien, avoua Lili. Je viens pas souvent à Cahors. Surtout la nuit.

Thomas eut l'impression que la ville s'effondrait autour de lui.

– Mais alors… commença-t-il. Alors, tu ne sais

pas où on peut trouver ce type ?

– Non, dit Lili.

Thomas serra les poings. Il sentait la colère monter et bouillonner en lui. Il avait envie de donner des claques à Lili.

– T'es complètement idiote ! lança-t-il. Moi, je croyais que tu connaissais ! Quand même, t'habites à dix kilomètres d'ici ! Et puis, c'est toi qui as absolument voulu venir. Moi, je croyais que tu connaissais, que tu savais où tu allais ! Pourquoi t'as fait ça ? On aurait pu aller chercher tes parents, ou ton oncle…

– J'avais envie de faire un tour de mobylette, coupa Lili avec désinvolture.

– De la mobylette, tu pouvais en faire sans moi ! hurla le garçon.

– Non, expliqua Lili. Toute seule, c'est dangereux. Si on tombe en panne…

– Ah ! Ne me parle plus de panne, hein ! Et puis d'ailleurs, j'en ai marre. Dis-moi où se trouve la gendarmerie, et rentre chez toi, avec ta mobylette puisque ça t'amuse.

– Je n'ai aucune idée de l'endroit où se trouve la gendarmerie, déclara Lili froidement. Et j'ai pas envie de rentrer chez moi.

– Non mais tu te crois drôle ? Moi, j'ai perdu ma mère ; peut-être que je la reverrai jamais, et toi, tu... tu ne penses qu'à... qu'à toi. Je me fiche de ce que tu as envie de faire !

Il y eut un silence. Thomas respirait très fort. Dans sa tête, des images défilaient : maman, maman qui l'avait abandonné. Et toutes ces occasions qu'il avait bêtement laissé passer de trouver quelqu'un de plus efficace que Lili : la maison de l'oncle, le bar sur le bord de la route ou même cette voiture. S'ils s'étaient arrêtés, s'ils avaient fait des signes... Il ferma les yeux, le cœur serré.

Lili déclara :

– On ferait mieux de chercher *Le Renoir*.

– Qu'est-ce que c'est que ça, *Le Renoir* ?

– J'en sais rien, moi ! Mais réfléchis un peu ! Si tu étais un mec et que tu donnes un rendez-vous à une nana, ce serait où : dans un café, un restaurant, une boîte de nuit ?

– Ça me viendrait pas à l'idée de donner des rendez-vous en passant une petite annonce, grogna Thomas.

– N'empêche que ta mère a répondu.

– Laisse ma mère tranquille.

– Bon alors, un café ? Ou un restaurant peut-être...

– J'en sais rien, je te dis ! Je veux aller voir la police.

– Chut ! Écoute !

Un sifflement strident venait de déchirer le silence. Lili traîna vivement la mobylette derrière un arbre et se dissimula dans l'ombre. Thomas la suivit sans réfléchir. La camionnette bleue de la gendarmerie passa devant les deux enfants, puis disparut en faisant actionner la sirène de plus belle.

– Tu voulais les gendarmes, les voilà, dit Lili lorsque la voiture eut disparu.

Le cœur de Thomas battait à toute allure.

Sans savoir pourquoi, il se sentait fautif. Sa mère lui avait toujours tellement recommandé de ne pas sortir seul, surtout la nuit... Bien sûr, il n'était pas tout à fait seul. Il y avait Lili. Ses parents à elle n'avaient pas l'air de se faire beaucoup de soucis. Et puis, le hurlement de la sirène venait de réveiller ses craintes : et si c'était vers sa mère que roulait la camionnette bleue, vers sa mère enlevée, retenue prisonnière au fond d'une ferme sur le plateau maudit, ou dans un camion bâché, alors que lui courait les rues avec une inconnue. C'est vrai, Lili était une inconnue. Tout aussi inconnue que l'individu qui avait eu l'idée saugrenue de remarquer la petite lumière au fond des yeux de maman et qui, bien sûr, avait eu envie de la revoir ; tout aussi inconnue que ce nouveau visage de sa mère qu'il découvrait : une étrangère qui avait griffonné un rendez-vous dans la marge d'un journal avant de l'entraîner, lui, Thomas, dans une aventure périlleuse. Et tout cela pour rejoindre un inconnu.

La petite main chaude de Lili se posa sur la sienne :

— Ça va pas Thomas ?

Le garçon se secoua.

— Ils vont pas te chercher, tes parents ? demanda-t-il brusquement.

— Non. Ils croient que je suis couchée et que je dors.

— Et s'ils vont voir dans ta chambre ?

— Ne t'inquiète donc pas. Qu'est-ce qu'on fait ? On cherche *Le Renoir* ?

— Si tu veux, dit Thomas de mauvaise grâce.

— Quelle heure il est ? demanda la fillette.

Thomas releva la manche de son blouson et orienta son bras afin de le placer dans la lumière d'un réverbère.

— Neuf heures et demie.

— Le type va s'impatienter, dit Lili. Il faut se dépêcher. Viens, il doit y avoir des cafés, on trouvera bien quelqu'un à qui demander.

CHAPITRE 7

Sur les quais

Toujours poussant la mobylette, les deux enfants commencèrent à déambuler dans les rues désertes de la ville endormie. Mais sans doute n'étaient-ils pas dans le bon quartier, car ils ne rencontrèrent personne, à part un chien qui vidait une poubelle et un chat qui s'enfuit à leur approche.

Enfin, la chance leur sourit. Ce fut Thomas qui les remarqua le premier.

– Regarde !

À l'entrée d'une rue, une série de petits panneaux indiquaient plusieurs directions. Sur l'un d'eux, il y avait écrit : *Le Renoir* et, à côté du nom, une fourchette et un couteau étaient dessinés.

– Un restaurant ! triompha Lili. On y va !

Elle s'engagea dans la rue, redémarra la mobylette. Thomas n'eut que le temps de sauter derrière elle.

Au bas de la rue, une autre série de panneaux leur indiqua qu'il fallait tourner à gauche. Puis ils débouchèrent sur un quai. En contrebas, on entendait le clapotis d'une rivière et une fraîcheur humide remonta jusqu'à eux.

– Un restaurant au bord de l'eau ! La classe ! dit Lili.

Elle suivit le quai. Thomas se disait que finalement, ils ne s'en sortaient pas si mal que cela. Juste à cet instant, la mobylette commença à s'essouffler. Elle eut deux, trois ratés, fit encore quelques mètres et s'arrêta. Le moteur se tut. Le silence enveloppa les deux enfants. Heureusement, il y avait les réverbères et la chanson de l'eau.

Lili se pencha au-dessus du compteur puis se retourna vers Thomas.

– Plus d'essence, expliqua-t-elle.

Devant l'air consterné de Thomas, elle ajouta :

– C'est pas grave. On va la laisser là et continuer à pied. Le restaurant ne doit plus être loin maintenant.

Il n'y avait guère d'autres solutions. Thomas aida Lili à ranger la mobylette le long d'un mur. Puis les deux enfants continuèrent à longer le quai. Tout au bout, une vague lueur dorée illuminait la nuit. Elle semblait située juste au-dessus de la rivière.

– C'est peut-être là, dit Thomas.

– Sûrement.

Ils allongèrent le pas.

Un bruit de moteur s'annonça derrière eux. Instinctivement, ils se jetèrent dans l'ombre. Une voiture passa près d'eux doucement. Le conducteur ne tourna pas la tête. Visiblement, il ne les avait pas aperçus.

– Ça alors ! murmura Thomas.

Il venait de reconnaître la 4L bleu lessive que sa mère et lui avaient suivie quelques heures auparavant.

– Qu'est-ce qu'ils font ? chuchota Lili.

La 4L venait de s'arrêter sur le quai, le long du parapet. Le conducteur et le passager descendirent dans un ensemble parfait. Thomas reconnut la silhouette trapue du premier et le béret du second. Le conducteur ouvrit le coffre, et les deux étranges personnages sortirent à grand-peine un énorme sac qu'ils soulevèrent avec difficulté avant de le balancer à l'eau. Ils refermèrent le coffre précipitamment, remontèrent dans la voiture et claquèrent les portières. La 4L s'ébranla. En quelques secondes, elle avait disparu au bout du quai. Les deux enfants écoutèrent encore pendant quelques instants le bruit du moteur. Puis, plus rien.

Thomas et Lili se regardèrent.

– Tu crois que… commencèrent-ils en même temps.

Ils se précipitèrent vers l'endroit que la 4L

venait de quitter et se penchèrent au-dessus du parapet : on n'y voyait goutte. Seul le murmure de la rivière et un souffle de fraîcheur leur parvenaient. Quant au reste, ils pouvaient tout aussi bien l'avoir rêvé.

Lili glissa sa main dans celle de Thomas.

– Viens, allons là-bas, dit-elle.

Et Thomas eut l'impression qu'elle n'était plus très rassurée.

CHAPITRE **8**

Le mystérieux inconnu

Ils ne s'étaient pas trompés. *Le Renoir* était bien un restaurant, suspendu au-dessus de l'eau. Devant, il y avait un parking avec quelques voitures soigneusement garées. On entendait de la musique.

Intimidés, ils s'approchèrent d'une fenêtre :

– Qu'est-ce qu'on fait maintenant ? demanda Thomas.

– Il faut essayer de trouver ce type.

– Mais on ne le connaît pas !

– Regarde, il n'y a pas tellement de monde, ça ne devrait pas être trop difficile.

Thomas colla son nez contre le carreau.

De l'intérieur, personne n'avait rien remarqué. D'ailleurs, on ne pouvait sans doute même pas les voir. Il y avait en effet peu de monde. Quelques couples et une table de six personnes à éliminer d'office. Restaient trois hommes seuls. Thomas les dévisagea l'un après l'autre, cherchant à deviner lequel pouvait bien être l'inconnu qui rêvait aux beaux yeux de sa mère. C'était décourageant. Aucun ne semblait vraiment à la hauteur. Pas le vieux en tout cas, là-bas dans le coin, qui passait son temps à se lécher les doigts après les avoir trempés dans la sauce. Ni ce grand blond à l'air timide qui lisait le journal en dégustant une tarte aux pommes. Ni ce grand brun qui regardait l'heure à son poignet toutes les trente secondes avec une régularité obstinée…

Thomas donna un grand coup de coude à Lili.

– Il y en a un qui arrête pas de regarder l'heure ! dit-il.

– Fais voir ! Pousse-toi.

Lili prit la place de Thomas à la fenêtre et s'exclama aussitôt :

– Thomas ! Viens voir ce qu'il y a sur la table.

Thomas se blottit contre Lili. Ce qu'elle avait remarqué sur un coin de la petite table, c'était une énorme boîte de bonbons, ronde, transparente, avec un joli ruban de couleur.

Les deux enfants échangèrent un regard complice.

– C'est lui, dit Lili. Il faut y aller.

– Tu crois qu'on peut ?

– Bien sûr ! On va pas rester là, non ? Déjà qu'il doit se demander ce qu'elle fait, ta mère. Vaut mieux lui dire tout de suite qu'elle viendra pas.

Thomas n'avait aucune envie de transmettre un tel message et l'idée de traverser cette salle de restaurant inconnue ne l'enchantait guère. Quant à aborder ce type, il n'y tenait vraiment pas. Mais Lili était déjà devant la porte.

– Alors, tu viens ! appela-t-elle.

Thomas fut bien obligé de la suivre.

Leur entrée dans le restaurant ne passa pas inaperçue. Les conversations se turent instantanément, et toutes les têtes se tournèrent vers eux. Thomas se sentit rougir. Il venait de se rendre compte que Lili, avec son pantalon de velours bleu constellé de taches d'huile – probablement la mobylette – et son vieux blouson de cuir brun trop grand pour elle, n'était pas vraiment à sa place dans le cadre luxueux du restaurant.

Lui-même ne valait pas mieux avec son anorak vert et rouge. Il regarda Lili et réalisa que c'était la première fois qu'il la voyait en pleine lumière. Elle était mignonne avec ses cheveux blonds emmêlés maintenus tant bien que mal par des barrettes dorées, ses grands yeux verts et ses taches de rousseur sur un petit nez effronté. Elle aussi le dévisageait avec insistance, ce qui eut pour effet de le faire rougir un peu plus. Il se demanda quelle conclusion elle avait bien pu tirer de son examen lorsqu'il vit un petit sourire éclairer le visage de Lili. Et il s'en voulut aussitôt de s'être posé cette question. L'heure était à des choses bien plus graves et bien plus importantes que la fossette qui venait de se creuser dans la joue de la fillette. Tout de même... Jamais Thomas n'aurait pensé que les manières rudes et le fichu caractère de Lili cachaient un aussi joli visage.

Un serveur approchait. Lili ne l'attendit pas ; elle marcha droit vers le dîneur solitaire qu'ils avaient repéré.

– Bonjour ! dit-elle en se plantant devant lui.

– Bonjour, répondit-il étonné.

Le serveur était déjà là.

– Ce sont les personnes que vous attendez, monsieur ?

– Euh, pas vraiment, répondit l'homme. J'attendais une dame.

– Sa mère, expliqua Lili en montrant Thomas d'un geste désinvolte.

– Salut, grogna Thomas.

L'homme posa sur lui un regard ébahi, puis se tourna à nouveau vers Lili.

– Sa mère ?

– Ben oui, vous savez bien, la dame de

Collioure avec de grands yeux et un homme avec une Jaguar jaune. L'homme, c'était son frère, crut-elle bon de préciser.

L'inconnu se passa la main dans les cheveux. Le serveur jugea préférable de ne pas intervenir.

– Euh, oui, mais, où est-elle ?

– Elle a disparu, dit Thomas brusquement.

– Comment ça, disparu ?

– Ben oui, quoi ! On a crevé, je suis parti chercher le vieux pour qu'il nous aide à dévisser les boulons et, quand je suis revenu, elle était plus là.

L'homme regarda Thomas, puis Lili, puis Thomas.

– Je ne comprends rien à toute cette histoire, déclara-t-il.

Lili haussa les épaules.

– C'est pourtant pas compliqué, expliqua-t-elle. Vous avez donné rendez-vous à sa mère. Elle a fait tout ce qu'elle a pu pour arriver à l'heure, mais, pas de bol, elle a crevé. C'est la faute au vieux. Alors, on est venus à sa place. Mais tout de même, maintenant, faudrait se dépêcher de la retrouver, parce qu'on se demande bien ce qu'elle est devenue.

L'inconnu posa un regard indécis sur Thomas.

– C'est vraiment ta mère ? demanda-t-il.

Thomas hocha la tête.

– Je ne comprends rien à cette histoire, répéta-t-il.

– On s'était dit que si vous aviez vraiment envie de la revoir, vous nous aideriez à la retrouver, expliqua Lili, d'une voix moins assurée.

Thomas lui donna un grand coup de coude.

– Aïe ! dit Lili. T'es pas fou, non !

– T'avais pas besoin de dire ça ! Le monsieur a peut-être pas envie de la revoir. On aurait mieux fait d'aller chercher les gendarmes, je te l'avais dit !

– Mais si, j'ai envie de la revoir, intervint l'homme.

Les deux enfants se turent. Dans la salle, le bourdonnement des voix avait repris et tout le monde semblait se désintéresser du trio. Seul le serveur restait là, attentif. L'homme sembla prendre enfin conscience de sa présence. Il se leva et déclara :

– Finalement, je ne vais pas dîner. Combien je vous dois pour les boissons ?

Et, se tournant vers les enfants :

– Vous deux, attendez-moi dehors.

– N'oubliez pas la boîte, souffla Lili.

– Quelle boîte ?

Elle tendit un doigt sale vers la merveilleuse boîte de bonbons.

L'homme eut un grand sourire, le premier.

– Ne t'inquiète pas, dit-il. Je ne l'oublierai pas.

CHAPITRE 9

Un mouchoir dans une camionnette

Thomas ne cessait de s'émerveiller du confort luxueux de la grosse voiture. Le tissu du siège était doux. Tout était méticuleusement rangé, bien à sa place. Le tableau de bord brillait doucement dans l'obscurité, et le véhicule avançait souplement dans la nuit avec un ronron discret propice aux rêves les plus fous.

« Ça plairait à maman », se dit-il. Et aussitôt, il ressentit ce petit pincement à l'estomac qui ne l'avait guère quitté depuis la disparition de sa mère.

La voiture venait de quitter Cahors et s'attaquait à présent à la route sinueuse qui conduit jusqu'au plateau. L'homme s'était présenté rapidement :

– Moi, c'est Marc. Et vous ?

Les enfants avaient dit leurs noms. Ensemble, ils avaient décidé de retourner à la 2CV voir si, par hasard, maman n'était pas revenue.

– Vous dites que ce n'est pas très loin, demanda Marc pour la troisième fois.

– Non, quelques kilomètres, dit Lili la bouche pleine. Je vous montrerai…

Elle en était à son quatrième bonbon et Thomas commençait à regretter d'avoir refusé l'offre de Marc, lorsque celui-ci avait poussé aimablement la boîte vers lui en disant :

– Prends un bonbon, euh… comment t'appelles-tu déjà ?

– Thomas, rappela Thomas.

– Prends un bonbon, Thomas.

– Non, merci. J'aime pas ça, avait répondu Thomas.

– Moi, j'aime bien, avait dit Lili.

Depuis, confortablement installée sur le siège

arrière du véhicule, la boîte de bonbons serrée contre elle, Lili n'arrêtait plus. Thomas, lui, s'était assis sur le siège avant – ce qui était formellement interdit par maman –, avait soigneusement bouclé la ceinture de sécurité et avait décidé de ne pas ouvrir la bouche, sauf pour répondre aux questions qu'on lui poserait.

Mais Marc avait posé peu de questions. Où avaient-ils laissé la voiture? De quel type de voiture s'agissait-il? Quelle était la panne? Qu'avait fait exactement le garçon après avoir quitté sa mère? Pas un indice dans tout cela. Et Marc, qui conduisait à présent les lèvres serrées, paraissait regretter de s'être lancé dans une histoire pareille.

– C'est là, dit tout à coup Lili. Il faut tourner à gauche.

Dans la lueur des phares, Thomas reconnut, avec un pincement au cœur, l'étroit chemin cailloteux que sa mère et lui avaient emprunté, quelques heures auparavant.

Un peu plus bas, sur le bord, se trouvait la

2CV. Marc arrêta sa voiture, sortit une lampe électrique du vide-poches, descendit, examina rapidement le véhicule. Thomas le rejoignit.

– Rien n'a bougé, constata le garçon.

– Tu es sûr ?

– Oui. Absolument sûr.

Lili attaqua un nouveau bonbon. Marc et Thomas remontèrent dans la voiture.

– Vous m'avez dit qu'il y avait une maison, un peu plus bas, dit Marc.

– Oui, confirma Lili. Celle du vieux. Mais il doit être encore chez mes parents.

– On va aller voir.

Chez le vieux non plus, rien n'avait changé. Thomas retrouva la lumière allumée, la miche sur la table, le litre de vin, et l'énorme impression de solitude que trahissaient les lieux. Il était bien content de ne pas revenir là tout seul.

– Bon, dit Marc ; cette fois-ci, je crois qu'il n'y a pas trente-six solutions. Il faut retourner à Cahors et prévenir la police.

Thomas baissa la tête. Il avait envie de pleurer.

Marc se retourna vers Lili.

– Je vais te déposer chez toi en passant. Si tes parents découvrent que tu es partie, ils vont être fous d'inquiétude.

– On ne peut pas aller chez moi d'ici en voiture, déclara Lili tranquillement. Il faut aller faire le tour presque jusqu'à Cahors.

– Bon, alors allez hop, en route ! On a assez perdu de temps : on retourne en ville.

De nouveau la route. De nouveau la nuit. De nouveau le ronron de la voiture. Thomas ne quittait pas le bas-côté des yeux. Soudain il se redressa, posa une main sur le bras de Marc.

– Attendez ! J'ai vu quelque chose !

Marc freina aussitôt, s'arrêta, recula.

Ce que Thomas avait vu, le temps d'un éclair, dans la lumière des phares, c'était une camionnette grise, qui avait dérapé dans le fossé, et qui était restée là, suffisamment en contrebas pour être à peine visible depuis la route.

Marc gara sa voiture à hauteur de la camionnette, et les trois passagers descendirent à toute allure. Lili la première se pencha au-dessus du véhicule.

– Il y a quelqu'un ! Il y a quelqu'un ! cria-t-elle.

– Écartez-vous les enfants, dit Marc.

Il se pencha à son tour, braqua sa lampe électrique sur le conducteur. Celui-ci était couché sur le volant et paraissait profondément endormi. Marc ouvrit la porte. Un ronflement sonore s'échappa de l'intérieur de la camionnette.

– Qu'est-ce qu'il dort ! dit Lili.

– Ça pue, souffla Thomas en se pinçant le nez.

– Je pense bien : il est complètement ivre ! dit Marc. À l'aide du faisceau de la lampe, Marc explora la cabine de la camionnette.

– Là ! dit soudain Thomas.

– Quoi ?

– Là, sur le siège avant, le mouchoir. Vous pouvez l'attraper ?

Marc se pencha et réussit à récupérer le mouchoir. Thomas le regarda avec émotion.

– C'est celui de maman, murmura-t-il.

– Tu es sûr ?

– Ça oui, elle en a acheté douze d'un coup, tous pareils. Ils étaient en solde. Elle en a toujours un dans ses poches.

Marc regarda la camionnette d'un air soucieux, puis il entreprit de l'explorer à fond : la cabine, le chargement à l'arrière ; il regarda même sous la voiture et fit quelques pas sur le plateau. Rien. Aucune trace humaine, hormis le ronflement qui s'échappait régulièrement de la camionnette.

– Ta mère est peut-être montée dans cette voiture, Thomas. En tout cas maintenant, elle n'est plus là.

– Vous croyez que le type l'a… commença Thomas.

Mais il ne put terminer sa phrase.

– Le type, comme tu dis, ne lui a rien fait. Il est complètement ivre. Pas étonnant qu'il ait eu un accident. Ta mère était sans doute dans cette camionnette. Elle a dû continuer à pied. C'est drôle que nous ne l'ayons pas croisée tout à l'heure.

– On allait peut-être trop vite, dit Thomas. Il faisait si noir ! La camionnette, à l'aller, on ne l'a même pas remarquée.

– Tu as sans doute raison. On va refaire la route en sens inverse.

– Et lui ? demanda Lili en montrant le conducteur de la camionnette.

– Lui, on n'arrivera jamais à le réveiller, dit Marc. On va prévenir les gendarmes. Ils viendront le chercher.

Et ils repartirent vers la ville, tout doucement, en scrutant les bas-côtés de la route et les fossés.

Rien.

Par contre, deux kilomètres avant Cahors, l'estafette de la gendarmerie, bien garée sur le bord de la route, semblait attendre les rares véhicules qui se risquaient encore à circuler. Un gendarme, planté au milieu de la chaussée, leur fit signe de s'arrêter.

– Zut ! Les flics ! dit Lili.

En un instant, Marc réalisa qu'il risquait de se retrouver dans une situation délicate avec, à son bord, deux enfants dont il ne savait rien, en train de rechercher une jeune femme dont il ne savait rien non plus si ce n'est qu'elle avait des yeux magnifiques.

Néanmoins, il jugea préférable d'obtempérer et il se gara à son tour sur le bas-côté.

Le gendarme salua de deux doigts à son képi.

– Bonjour ! dit-il. Contrôle.

– Bonsoir, grogna Marc.

Le gendarme jeta un coup d'œil à l'intérieur. Sur le siège arrière, Lili s'était recroquevillée.

– Vos enfants ? interrogea le gendarme.

– C'est-à-dire…

Il y eut un instant de silence.

– Je vais vous expliquer, dit Marc.

– Ce ne sont pas vos enfants, dit le gendarme.

– Non, admit Marc.

– À qui sont-ils alors ?

– Eh bien…

– Moi, c'est Thomas, interrompit Thomas.

Mais cela ne sembla guère intéresser le gendarme. Il braqua le faisceau de la lampe sur le siège arrière.

– Et la petite ?

La « petite » fermait les yeux, refusant absolument de répondre et de regarder.

– Elle s'appelle Lili, grogna Thomas.

– Descendez, dit le gendarme à Marc. Et surtout, pas de gestes inutiles.

– Mais… dit Marc.

– Descendez et plus vite que ça !

– Vous ne comprenez pas…

– Sortez de là ! hurla le gendarme.

Devant la voiture, un second homme en uniforme braquait sur lui un objet qui ressemblait fort à un pistolet.

Marc jugea préférable d'obéir.

– Maintenant, dans la camionnette, et plus vite que ça.

Dans l'estafette des gendarmes

À l'intérieur de l'estafette, il faisait clair et chaud. Un troisième gendarme fouilla Marc qui ne disait plus rien. Puis Thomas et Lili entrèrent, la tête basse.

– Écoutez, dit Marc, je ne comprends rien à toute cette histoire, mais il faut faire quelque chose. La mère de ce gosse a disparu et il y a ce type complètement saoul dans un fossé à quelques kilomètres d'ici.

– Sans compter le corps que les gens de la 4L ont balancé dans la rivière, dit Thomas machinalement.

– Ah ! Oui ! C'est vrai… On a oublié de vous en parler.

Il y eut un silence pesant. Les trois gendarmes se regardaient, perplexes. Lili avait pris un air aussi dégagé que possible ; Thomas était complètement accablé. C'est vrai : la 4L, le sac, ce « plouf » dans l'eau noire. Comment avait-il pu l'oublier dans son récit de tout à l'heure ? Il n'osait même pas imaginer le contenu du sac. « Un corps », avait-il lancé quelques secondes auparavant. Qu'en savait-il ? Et pourtant, insidieusement, une pensée lui était venue : et si ce corps était celui… de sa mère ? Quant à Marc, il commençait vraiment à se demander ce qui avait bien pu le pousser à suivre ces deux gamins dans une pareille aventure : l'assurance de la petite ? Ou alors, les grands yeux sombres du garçon avec ce même regard qu'il avait surpris, quelques semaines auparavant, dans un restaurant de Collioure…

Heureusement, les trois gendarmes, revenus de leur surprise, décidèrent de prendre les choses en main et d'éclaircir une bonne fois pour toutes la situation.

– On nous a signalé la disparition d'une fillette d'à peu près dix ans, blonde, vêtue d'un pantalon de velours et d'un blouson de cuir et répondant au prénom de Lili. La gamine que vous transportez correspond exactement à ce signalement. Vous allez être inculpé d'enlèvement.

– Pardon ? dit Marc.

– Et maintenant, il va falloir nous dire d'où sort ce garçon, reprit le gendarme.

– Mais bon sang ! C'est ce que j'essaie de vous expliquer depuis le début ! Ce gosse a perdu sa mère…

– Un décès, vous voulez dire ?

– J'espère bien que non ! Je veux simplement dire qu'elle a disparu.

– Qu'est-ce que vous en savez ?

– C'est lui qui me l'a dit.

Le gendarme posa sur Marc un regard ironique.

– Et la petite, qu'est-ce qu'elle vous a dit ?

– Qu'elle était sortie prendre l'air.

– Et elle s'est retrouvée dans votre voiture. Par hasard, je suppose.

– C'est pas tout à fait comme ça que ça s'est passé.

– Bon, maintenant, ça suffit, coupa le gendarme. Tout le monde au poste.

– Mais, ma voiture…

– Ne vous inquiétez pas pour votre voiture. On va la redescendre.

C'est ainsi que Marc, qui regrettait de plus en plus de s'être laissé embarquer dans une telle histoire, Thomas qui se demandait quand on daignerait enfin s'occuper de son cas et de celui de sa mère, et Lili qui n'avait pas soufflé mot mais n'augurait rien de bon de l'avenir, se retrouvèrent au poste de police de Cahors.

CHAPITRE **11**

Un pas dans la nuit

Il était près de onze heures lorsque les interrogatoires commencèrent. Thomas ne tenait plus debout et il avait terriblement faim. Il serrait désespérément le mouchoir de sa mère, seule trace de son existence et de son passage sur cette route maudite. Lili était l'objet de mille attentions. Après tout, c'était pour elle que la gendarmerie nationale s'était mobilisée, et tous étaient ravis d'avoir retrouvé la fillette aussi rapidement. Les parents avaient été prévenus et seraient là dans quelques instants. Lili n'osait pas penser à la raclée qu'elle recevrait lorsque la vérité serait découverte. En attendant, elle continuait à piocher allègrement dans la boîte de bonbons. Quant à Marc, il était fermement décidé à s'expliquer.

En fait, l'interrogatoire ne dura pas longtemps. Ses parents à peine arrivés, Lili éclata en sanglots. Thomas la regarda bouche bée. Il ne s'attendait pas à cela de sa part. Même Marc semblait décontenancé.

– C'est l'émotion, c'est normal, expliqua un des gendarmes.

– Que s'est-il passé ? demanda le père de Lili.

On lui désigna Marc.

– Ce monsieur va vous expliquer ça.

– Vous avez enlevé ma fille ? dit le père menaçant.

– Vous êtes fou !

Le père se tourna vers Lili et lui dit sur un ton sans réplique :

– Arrête de pleurer et dis-nous ce que tu as fait.

Cela eut un effet instantané sur la fillette. Ses sanglots cessèrent aussi vite qu'ils avaient commencé. Elle se glissa près de sa mère et murmura en baissant les yeux :

– J'avais envie de faire un tour.

Les gendarmes se regardèrent. Marc poussa un soupir de soulagement. La mère de Lili serra sa fille contre elle.

– C'était tellement… tellement… commença-t-elle, la voix tremblante.

– Elle m'a aidé à retrouver mon chemin, jeta Thomas au hasard, sentant qu'il fallait intervenir.

On se tourna vers lui.

– J'étais un peu perdu, expliqua-t-il. C'est parce qu'on avait crevé…

– Je vous rappelle quand même que la mère de cet enfant a disparu et qu'il faudrait peut-être s'en occuper, dit Marc.

– Attendez ! Attendez ! Reprenons dans l'ordre, dit l'un des gendarmes.

Et petit à petit, grâce aux mots étouffés de Lili qui n'en menait pas large, grâce aux explications plus claires de Thomas qui commençait à reprendre le dessus, et grâce au peu d'informations que détenait Marc, on réussit à reconstituer toute l'affaire.

– Reste cette histoire de 4L, dit le brigadier. Vous êtes sûrs que vous les avez vus jeter quelque chose dans la rivière ?

Les deux enfants hochèrent la tête.

– Quelque chose de lourd, précisa Lili.

– Et d'encombrant, compléta Thomas.

– Il faut aller voir, dit le brigadier.

– Je veux venir, dit Thomas.

– Moi aussi ! dit Marc.

– Et moi aussi ! dit Lili.

– Sûrement pas, dit son père.

– Mais on va pas laisser Thomas tout seul, expliqua la petite.

– On y va tous alors, bougonna le père.

Au bord de la rivière, c'était le désert. Là-bas, au bout du quai, le restaurant avait éteint ses lumières. Le long du mur, dans l'ombre, la mobylette était toujours là où l'avaient laissée les deux enfants. Lili croisa le regard noir de son père : cela promettait une belle explication.

Les gendarmes commencèrent à sonder la rivière. « Un gros sac », avaient dit les enfants. Ça pouvait être n'importe quoi. En tout cas, il n'y avait rien sur les bords. Sans doute le courant avait-il emporté l'objet... ou le corps, ne put s'empêcher de penser Thomas.

Ils allaient abandonner les recherches lorsque le bruit d'un pas sur le goudron leur fit lever la tête. Il y avait là le brigadier, les trois gendarmes, Lili, son père et sa mère, Marc et Thomas. Et tous se turent d'un coup. Le bruit qu'ils entendaient avait quelque chose de curieux. L'un des pieds du marcheur frappait nettement le sol ; l'autre, au contraire, ne faisait aucun bruit. On aurait dit un unijambiste.

Tous se demandaient ce qui allait apparaître au bout du quai. À cette heure-ci, dans la ville endormie, ce claquement sec et irrégulier sur les pavés avait quelque chose de terrifiant. Seul Thomas se redressa. Il huma l'air comme un jeune chien, tendit le cou vers l'obscurité, et, d'un coup, il lâcha la main de Marc, à laquelle il s'était agrippé lorsque les gendarmes avaient commencé à explorer les rives de la rivière, et s'élança en courant.

– Thomas ! appela Marc.

Mais Thomas était déjà auprès de la silhouette chancelante et il s'était jeté à son cou.

Alors Marc comprit et il s'approcha à son tour. Thomas avait passé le bras autour du cou de sa mère et il murmurait sans relâche :

– Maman, maman, maman…

La jeune femme le berçait comme un petit enfant en répétant :

– Chut ! Thomas. C'est fini maintenant. C'est fini.

Mais le petit garçon avait enfoui son nez dans le cou de sa mère. Il respirait son parfum avec délice, et il lui semblait que jamais, jamais plus il ne pourrait détacher ses bras de ce cou qu'il connaissait si bien.

– Maman, maman, maman…

– Là, Thomas, c'est fini, maintenant. C'est fini.

Enfin, Thomas se tut. La jeune femme leva les yeux, aperçut Marc qui se tenait maladroitement devant elle.

– Vous ! s'exclama-t-elle.

Thomas se retourna.

– C'est Marc, expliqua-t-il.

Mais sa mère et Marc se regardaient de telle façon qu'il jugea préférable de ne pas en dire plus.

Lili s'était approchée à son tour. Elle prit la main de Thomas.

– C'est ta mère ? demanda-t-elle.

– Ben oui.

Lili posa sur la jeune femme un regard circonspect. Les longs cheveux étaient dénoués et pendaient lamentablement, le beau manteau rouge était froissé et la mère de Thomas n'avait plus qu'une seule chaussure. De plus, elle fixait Marc d'un air qui n'avait rien de particulièrement aimable.

– Qu'est-ce qu'ils ont tous les deux ? demanda Lili.

– J'en sais rien.

– Ben dis donc, elle a pas l'air tellement ravie de le voir. Tu crois qu'elle est déçue ?

Marc lui jeta un regard noir. Cela n'empêcha pas Lili de lancer à la mère de Thomas :

– Vous ne pensiez pas qu'il avait cette tête-là ?

– Pardon ?

– Ben oui, quoi, Marc !

La mère de Thomas regarda l'homme sans comprendre. Marc était tout rouge et avait l'air terriblement gêné. Thomas était très occupé à contempler l'extrémité de ses chaussures et, visiblement, il ne fallait pas compter sur lui pour avoir des informations. Quant aux autres, qui s'étaient approchés, le brigadier, les trois gendarmes et les parents de Lili, ils avaient l'air encore plus perplexes qu'elle.

Restait la gamine, apparemment bien décidée à aller au fond des choses. Lili enchaîna :

– Vous savez, votre rendez-vous du Renoir !

Tout le monde retenait son souffle.

– C'est lui, lâcha la fillette, ravie de son effet.

Il y eut un bref instant de silence au cours

duquel chacun essaya d'analyser la situation. Puis la mère de Thomas partit d'un grand éclat de rire qui se transforma bientôt en un véritable fou rire. Alors Marc commença à rire lui aussi, à rire tant que Thomas crut qu'il allait s'écrouler par terre.

Thomas et Lili se regardèrent. Marc et la jeune femme continuaient à rire sans être troublés le moins du monde par le cercle qui s'était formé autour d'eux.

Thomas haussa les épaules. Les gendarmes se concertèrent et annoncèrent :

– M'sieurs-dames… Nous n'avons plus rien à faire ici. Passez une bonne fin de soirée.

Ils se dirigèrent vers leur estafette, mirent le moteur en route. Bientôt, ne resta sur le quai que le petit groupe baigné dans le silence de la nuit et le murmure de la rivière.

CHAPITRE **12**

Le retour de la 4L

C'est précisément à cet instant que la 4L réapparut. On entendit d'abord le ronronnement bien connu du moteur ; puis on vit les deux phares jaune pâle, avant d'identifier complètement le véhicule bleu lessive.

La 4L passa devant le petit groupe en cahotant. C'était toujours le même conducteur au veston gris étriqué, flanqué de son acolyte au béret marine. Ni l'un ni l'autre ne tourna la tête.

La 4L longea le quai à petite allure, s'arrêta au bout, tout près de l'eau. Le moteur fut coupé, les phares éteints.

Dans le groupe, personne ne parlait. Chacun

restait figé, les yeux tournés vers le mystérieux véhicule. Thomas et Lili étaient plantés côte à côte, les yeux ronds ; Marc et la mère de Thomas avaient cessé de rire ; les parents de Lili, un peu en retrait, ne faisaient pas un geste.

Pendant quelques instants, il ne se passa rien. Puis, dans un bel ensemble, les deux portières avant du véhicule s'ouvrirent et ses occupants descendirent. Le conducteur était plutôt petit, fort et trapu. Le passager était à peu près de la même taille, mais beaucoup plus menu.

D'un pas décidé, ils se dirigèrent vers l'arrière de la voiture. Le conducteur ouvrit le coffre, se pencha. Le passager vint lui prêter main-forte. À eux deux, ils sortirent avec effort un sac qui semblait pesant et commencèrent à s'approcher du bord du quai.

Alors, le groupe se réveilla :

– Mais qu'est-ce que… commença le père de Lili.

– Regarde Thomas ! Encore un cadavre ! exulta Lili.

– Mais... mais... c'est la 4L de tout à l'heure ! dit la mère de Thomas.

Le père de Lili cria :

– Hep ! Attendez ! Qu'est-ce que vous faites ?

Au bout du quai, les deux autres s'interrompirent, posèrent le sac sur le sol et regardèrent le petit groupe venir vers eux.

– Bonsoir ! lança le conducteur.

Il glissa une main dans sa poche.

– Attention ! murmura Marc en tendant son bras devant les autres, dans un geste de protection.

Tranquillement, l'homme extirpa un paquet de tabac et un paquet de feuilles et commença à rouler une cigarette.

Son acolyte n'avait pas bougé.

Marc baissa le bras.

En s'approchant, Thomas constata avec surprise que le passager qu'il voyait de dos et sur lequel il s'était tellement interrogé quelques heures plus tôt, était en fait une adolescente au visage rieur. Ses cheveux étaient ramassés sous le béret, qu'elle portait en arrière, dégageant ainsi le front.

– Euh… bonsoir, dit le père de Lili.

– Bonsoir ! répétèrent en chœur les passagers de la 4L.

Un silence s'installa. Dans le groupe, chacun se demandait comment reprendre la conversation. « Belle nuit, n'est-ce pas… » ne paraissait pas très approprié. Et à part cette phrase sans intérêt, personne n'avait d'idée.

L'homme avait fini de rouler sa cigarette, l'avait allumée et fumait tranquillement. L'adolescente contemplait la rivière d'un air pensif. Il faisait bon.

Quand l'homme eut terminé sa cigarette, il glissa la main dans son autre poche, en sortit une petite boîte en fer et y écrasa soigneusement son mégot. Puis il remit le tout dans sa poche et dit à la jeune fille en désignant le sac d'un signe de tête :

– Bon, on y va ?

– On y va ! approuva celle-ci.

Le père de Lili s'avança alors :

– Dites, ce n'est pas pour vous déranger... Mais qu'est-ce que vous avez là-dedans ? demanda-t-il en montrant le gros sac en toile de jute.

– Là-dedans ? dit l'homme d'un air surpris. Du bois...

– Du bois ! s'exclama Thomas.

– Et le cadavre ! lança Lili.

Tout le monde se tourna vers elle.

– Quel cadavre ? demanda l'homme.

– Ben, celui que vous avez balancé à l'eau pas plus tard que tout à l'heure, tiens ! lança la fillette. Vous pensiez peut-être que personne ne vous avait vus, hein ? Eh bien, Thomas et moi, on était là. Hein Thomas ?

L'adolescente éclata de rire :

– Un cadavre !

Son compagnon haussa les épaules.

– Elle a trop d'imagination cette petite. On se demande où ils vont chercher tout ça, ces gosses... Un cadavre... Non, c'est juste du bois, un sac plein de bois.

– Mais pour quoi faire ? demanda Marc.

– Un pari, grogna l'homme. Un pari stupide que j'ai fait avec la demoiselle, ajouta-t-il en désignant l'adolescente. C'est ma nièce, expliqua-t-il. Elle a toujours des idées farfelues, mais pas autant que la petite, là, fit-il en tendant son doigt vers Lili.

– Et c'est quoi ce pari ?

– Un truc idiot, j'vous dis. Je ne sais plus comment ça a commencé... Tu t'en souviens, toi ? demanda-t-il à l'adolescente.

Elle secoua la tête.

– Bon, ça n'a pas d'importance. Toujours est-il qu'on a fait un pari sur le temps qu'un objet porté par le courant de la rivière pouvait mettre pour aller de Cahors à chez nous. On habite par là, plus bas sur la rivière. Il fallait quelque chose qui flotte. Et le bois, ça flotte. Voilà, je sais que ça a l'air idiot, mais qu'est-ce que vous voulez, faut bien s'occuper, hein ?

– Mais... Et le premier sac alors ? demanda Lili.

– Le premier sac est resté coincé dans un creux de la berge, mademoiselle. Donc, on n'a pas la réponse à notre question. Donc, on recommence. Ça va comme ça ?

– Euh… oui…

– Mais pourquoi vous faites ça la nuit ? demanda Marc.

– Jeune homme, réfléchissez : le jour, vous seriez des dizaines à nous poser ce type de questions, et franchement, ça ne vaut pas le coup d'ameuter les populations. Déjà là… D'ailleurs, vous faites quoi, vous, là ? demanda soudain l'homme en les détaillant l'un après l'autre. La p'tite dame, là, ajouta-t-il en montrant la mère de Thomas, elle n'a pas l'air bien en point.

– Un accident, expliqua Marc brièvement.

– Ah ! pas grave j'espère. Bon, ben, c'est pas tout ça, mais j'ai pas envie d'y passer la nuit, moi. On y va fillette ?

– On y va, tonton !

Ils se penchèrent, saisirent chacun un bout du sac, scandèrent :

– À la une, à la deux, à la trois !

Et ils lancèrent le sac aussi loin que possible. Il y eut un « plouf ! » et le clapotis de l'eau qui venait mourir sur le mur du quai.

– Vite ! On y va !

Ils retournèrent en hâte vers la 4L pendant que l'homme expliquait :

– Il ne faudrait pas qu'il arrive avant nous, hein ?

Puis, à l'intention de sa compagne :

– Tu as bien noté l'heure, hein ?

– Oui, oui.

– Allez, hop !

Il mit le moteur de la 4L en marche, se pencha à la vitre et lança :

– Au fait, si vous voulez avoir le résultat des courses, passez nous voir ! La maison s'appelle « La Closeraie ». C'est plus bas sur la rivière, vous pouvez pas la rater. Famille Mazuries. Tout le monde connaît, vous n'avez qu'à demander ! À bientôt m'sieurs-dames !

La 4L tourna à droite vers la ville. La dernière

vision que le petit groupe en eut fut le bras de l'adolescente qui s'agitait par la fenêtre de la portière de droite. Puis elle disparut. Ils l'entendirent s'essouffler dans la côte. Le conducteur dut changer de vitesse, car elle repartit d'un coup. Bientôt, le bruit s'éteignit, et le silence retomba sur la ville endormie.

– Il y a des fous partout… commenta Marc.

Les autres le regardèrent d'un drôle d'air.

– Remarquez, ajouta-t-il d'un air gêné, on leur a peut-être fait le même effet… Bon, et maintenant ?

– J'ai faim ! dit Thomas.

– Moi, j'ai mal aux pieds, ajouta sa mère.

– Nous, il faut qu'on rentre, dit la mère de Lili.

– Oh ! Non ! pas encore… supplia Lili.

– Pour le dîner, c'est un peu tard, dit Marc, mais si on trouve quelque chose d'ouvert…

CHAPITRE **13**

Trois sandwichs plus tard

Tout se termina dans un café. Lili réussit à convaincre ses parents de rester – elle était affamée elle aussi tout à coup, malgré les bonbons avalés – et ils se retrouvèrent tous attablés dans une salle de café quasiment déserte.

Chacun raconta son aventure. La mère de Thomas apprit, horrifiée, que son fils n'avait pas trouvé le mot qu'elle avait glissé pour lui sous un des essuie-glaces de la 2CV, et qu'il avait erré, seul, une bonne partie de la soirée. « Pas seul, précisa Lili ; j'étais avec lui. »

Quant à elle, elle était retournée sur la route pour essayer d'arrêter une voiture. Malheureusement, le conducteur qui l'avait prise était complètement ivre. Au premier virage, ils avaient versé dans le fossé. Elle avait continué à pied, avait voulu emprunter un raccourci, s'était perdue. Elle était retombée sur la route, beaucoup plus bas, près de Cahors.

Lili dut avouer qu'elle pratiquait régulièrement de petites sorties nocturnes à l'insu de ses parents.

– Mais j'ai jamais sommeil… tenta-t-elle d'expliquer. Et puis, je m'ennuie toute seule…

– Eh bien, il va falloir que ça cesse ! tonna son père. C'est trop dangereux, des trucs pareils…

– Tu ne te rends pas compte du souci qu'on s'est fait, nous, cette nuit, ajouta sa mère.

– N'empêche, si elle n'avait pas été là… commença Thomas.

– Si elle n'avait pas été là… si elle n'avait pas été là…

Le père de Lili ne trouva rien à ajouter.

Il faisait bon dans le café ; bon et chaud. Après

toutes les émotions de la soirée, le chocolat brûlant et les sandwichs étaient les bienvenus. Thomas en dévora deux coup sur coup, et dégusta le troisième avec une deuxième tasse de chocolat. Ouf! Il commençait à se sentir mieux.

Une chose cependant l'intriguait : cette lueur qui s'allumait dans les yeux de sa mère et de Marc, lorsque, par hasard, leurs regards se croisaient.

Lili avait dû se faire la même remarque.

– Tiens, vous vous faites plus la tête? demanda-t-elle. Parce que sur le quai, ça avait pas l'air terrible!

– C'est vrai, poursuivit Thomas, tu donnes rendez-vous à un type, et, quand tu le vois, t'as pas l'air ravie. C'est pas très sympa.

Marc intervint :

– Thomas, j'avais déjà rencontré ta mère. Mais elle, elle ne pouvait pas savoir que c'était moi qu'elle devait voir ce soir.

– Pourquoi?

– Je vais t'expliquer, Thomas, dit maman.

Tu sais, il y a une dizaine de jours, je suis allée à Brive passer un entretien pour un nouvel emploi. Tu te souviens ?

– Oui. Même que tu es revenue en disant que le patron était un imbécile et qu'on est allés fêter ça au resto.

– Thomas, voyons…

– Mais maman, c'est bien ce que tu as dit !

– Thomas, le patron en question, c'était Marc.

– Marc !

– Oui.

Thomas regarda Marc avec des yeux ronds et déclara :

– J'y comprends plus rien. Marc c'est celui que tu as rencontré à Brive, ou c'est celui qui t'a vue à Collioure ? Et puis d'abord, si c'est celui de Brive, pourquoi tu as accepté un autre rendez-vous avec lui ?

– Je ne savais pas que c'était lui. J'ai lu l'annonce dans le journal. L'annonce que vous avez trouvée, Lili et toi, puisque vous êtes arrivés au

Renoir. Je me suis tout de suite reconnue. J'ai écrit, un peu par curiosité. Mon correspondant habitait Brive. Bien évidemment, je n'ai pas eu l'idée de faire le rapprochement entre la personne que j'avais vue à Brive pour cet entretien désastreux et celle qui avait passé cette si jolie annonce... Nous avons décidé de nous donner rendez-vous à mi-chemin entre Brive et Toulouse : à Cahors. Et voilà...

Elle se tut soudain et jeta un coup d'œil interrogateur à Marc.

– Il y a quand même une chose que je ne comprends pas. Lors de cet entretien à Brive, je ne pouvais pas vous reconnaître puisque je ne vous avais pas remarqué à Collioure. Mais vous, vous saviez parfaitement qui j'étais. Pourquoi n'avoir rien dit ?

Marc était rouge jusqu'aux oreilles.

– Eh bien, finit-il par dire, vous n'allez pas me croire. Quand je vous ai vue entrer dans mon bureau, d'un coup je me suis senti si intimidé que... que...

— Que vous êtes devenu extrêmement désagréable, compléta la mère de Thomas.

— Oui, c'est ça. Vous ne pouvez pas savoir à quel point je m'en suis voulu. Je n'ai pas dormi pendant trois nuits. Je me repassais toute la scène dans la tête. Je me disais : « Tu aurais dû faire ceci, prononcer ces mots-là... » Trop tard, évidemment. Depuis Collioure, vous étiez la personne que j'avais le plus envie de rencontrer, et j'avais tout gâché... Impossible de vous rappeler : vous m'auriez raccroché au nez. Alors, j'ai eu l'idée de l'annonce. C'était anonyme ; avec un peu de chance, vous la verriez, vous prendriez la peine de répondre, sans savoir qu'il s'agissait de moi. J'aurais une deuxième chance. Cette rencontre, c'était... c'est... ce qui m'est arrivé de plus important dans toute ma vie...

— Le coup de foudre... murmura Lili dans le silence qui avait envahi le café. J'adore les histoires d'amour ! ajouta-t-elle gaiement.

— J'ai tout raté une deuxième fois... dit Marc découragé.

– On ne peut pas dire que ce soit vraiment votre faute, constata la mère de Thomas.

– Tu aurais autre chose qu'une antiquité comme voiture, tout ça ne serait jamais arrivé ! confirma Thomas.

La mère de Thomas suggéra :

– Et si on repartait à zéro ?

– Vous croyez ? souffla Marc.

– Pourquoi pas.

– Alors, pour le rendez-vous du Renoir, ça tient toujours ?

– Eh bien…

Maman jeta un coup d'œil à Thomas.

– Moi, j'irai chez Lili, affirma celui-ci.

– Si ses parents sont d'accord !

– À condition qu'elle promette de ne plus jamais aller se promener sans rien dire à personne, dit sa mère.

Lili eut une moue.

– Même avec Thomas ? demanda-t-elle d'une toute petite voix.

– Même avec Thomas, confirma son père.

Puis, se tournant vers Marc :

– Samedi prochain, si vous voulez, proposa-t-il.

– Chic alors ! dit Lili. Et pendant ce temps, nous on ira à « La Closeraie ». Vous n'avez pas envie de savoir combien de temps il a mis pour arriver là-bas le sac de bois ? Thomas, on parie ? Moi, je dis…

Elle leva les yeux au ciel et commença à compter sur ses doigts.

Marc se tourna vers la mère de Thomas :

– Samedi ?

Elle hocha la tête.

– Va pour samedi. D'accord Thomas ?

– D'accord, dit Thomas.

– Et nous, on emmènera les enfants à « La Closeraie », conclut le père de Lili. Je peux parier, moi aussi ? ajouta-t-il avec un clin d'œil à l'adresse de sa fille.

Dépot légal : avril 2005
N° d'éditeur : 2009/030
Achevé d'imprimer en janvier 2009 par France Quercy - Mercuès
N° d'impression : 82631c